# Über mich

Lukas Lumetsberger, geboren am 27.08.1991. Aufgewachsen im Mühlviertel, Oberösterreich, wo ich die Grundschule als auch die Informatikhauptschule besuchte. Anschließend Lehre zum Kfz-Techniker. 2016 Beginn der indianischen Ausbildung. Zugleich den Universitätslehrgang für Psychosoziale Beratung / Lebens- & Sozialberatung sowie Seminare zur Persönlichkeitsentwicklung. Um mein Wissen sowie meine Erfahrungen noch weiter ausbauen zu können, besuchte ich das Artur Findlay College in Stansted (UK).

Heute biete ich Workshops und Seminare an, in denen ich die alten Werte der Indianer sowie deren Wissen weitergebe. Zudem bin ich auch in Schulen sowie Jugendeinrichtungen unterwegs um das alte Wissen jungen Menschen zu vermitteln.

Bei Interesse an Buchungen kontaktieren sie mich bitte unter: lumetsberger.lukas@gmail.com

Lukas Lumetsberger

# FOLGE DEINEM HERZEN UND FLIEG

Lebe im Respekt mit dir selbst

ISBN: 978-3-9504749-0-9

1. Auflage Februar 2019

Illustration: Jessica Kainz
Grafik, Layout: Brigitte Dietinger, Lukas Lumetsberger
Lektorat: Ernestine Jonke-Haider
Druck: wir-machen-druck.de

Ich widme dieses Buch Mutter Erde,
die uns trägt, allen Energien,
welche auf uns achten und uns alle Zeit
beschützen, zudem allen Menschen,
denen ich begegnen durfte und
noch begegnen werde.

DANKE.

# Inhalt

# Vorwort

Es war wieder einmal so weit. Ich lag in meinem Bett und die Gedanken schossen mir wild durch den Kopf.

*Was mach ich jetzt…?*
*Ich kann nicht schlafen…, ahhh…*
*Was soll ich tun…?*
*Ach…, ich kann nicht schlafen…*
*Was macht gerade…, hmmm…*

Plötzlich traf mich ein Gedanke wie ein Blitz. Lukas, warum schreibst du nicht einfach ein Buch darüber, was du alles in deinem Leben lernen durftest, immerhin läuft alles super in deinem Leben. Dann ging das Chaos erst recht los.

*Ach, wen interessiert das schon, ist doch meine Geschichte, was soll denn das schon bringen usw.*

Doch irgendetwas in mir ließ diesen Gedanken zu einer Idee heranreifen und ich konnte mit der Idee im Kopf erst recht nicht mehr einschlafen.

So kam es dann, dass ich aus dem Bett sprang und mich einfach vor den PC setzte. Als dieser hochgefahren war und ich auf die Uhr sah, dachte ich, ich spinne. Es war schon 02:36 Uhr in der Früh mit der Idee im Kopf, die mich nicht schlafen ließ, und so habe ich einfach damit begonnen in die Tastatur zu klopfen. Es klapperte wie wild auf der Tastatur, fast so, als würde ich auf einem Klavier ein Lied komponieren. Kein Blick traf noch einmal die Uhr, erst als ich am nächsten Morgen feststellte, dass es gar nicht hell geworden war. Ich dachte mir ich spiele jetzt schon völlig verrückt, doch dem war nicht so, denn als ich mich zurücklehnte und die vielen Seiten sah, begann ich zu begreifen. Ich war so versunken in meinem Tun, die Idee auf Papier zu bringen, dass jedes Gefühl für Raum und Zeit verloren gegangen war. Erst jetzt begriff ich, dass ich im Hintergrund während des Schreibens wahrgenommen hatte, dass es einmal hell und wieder dunkel geworden war.

In dem Moment habe ich verstanden, dass die Uhr zwar eine gute Idee ist um den Tag zu planen, doch nicht bestimmt, wann wir unsere Idee in die Tat umsetzen.

Alles hat mit einem einzigen Gedanken begonnen, der zur Idee heranreifte und schließlich zu diesem Buch führte.

Alles im Leben beginnt mit einem Gedanken, einer Vorstellung, die dann zu einer Idee wird und nach einiger Zeit ist das Resultat im Außen erkennbar. Jedem Ereignis folgt ein Gedanke und so war es auch in meinem Fall.

Bevor ich den Gedanken haben konnte, mein Wissen weiterzugeben, durfte ich viele Erfahrungen und Erkenntnisse in meinem Leben sammeln, die mich dann zu meinem alles entscheidenden Schicksalsschlag führten.

Zu diesem Zeitpunkt war ich 21 Jahre jung und ich wusste nicht, wie ich mein Leben weiterführen könnte oder möchte, doch ich hatte großes Glück, denn im Fall dieser mich erdrückenden Emotionen fiel ich meiner indianischen Lehrerin zu.

Bei ihr durfte ich eine indianische Ausbildung machen, bei der mir alte indianische Werte von den Navajos (Indianerstamm in Arizona) gelehrt wurden. Während dieser Ausbildung durfte ich sehr viele Erfahrungen und Erkenntnisse noch neben dem *normalen* Leben sammeln, welche mir es möglich gemacht haben, den Respekt mit mir selbst zu erkennen, zu leben und somit mich selbst zu lieben oder mit meinen Worten ausgedrückt, zu fliegen und endlich das zu tun, was ich schon immer tun wollte und einfach ich selbst zu sein.

Bevor ich jedoch das Fliegen lernte, durfte ich zuerst im Zuge der Ausbildung meiner indianischen Lehrerin von der Weisheit und Lehre der Indianer lernen, im Respekt mit mir selbst zu leben.

Was es heißt, im Respekt mit sich selbst zu leben und was ich alles nach alten Werten lernen durfte, findest du auf den nächsten Seiten.

# Einführung

Der Ablauf des Buches sowie die Reihenfolge der Kapitel sind ganz bewusst gewählt, daher empfehle ich dir, das Buch von vorne nach hinten zu lesen, um so die Grundlage für das Verstehen der Erkenntnisse, das indianische Wissen sowie die indianischen Werte zu schaffen.

In den einzelnen Kapiteln teile ich die Lehren und Werte der Navajos (Indianerstamm in Arizona) mit dir, die ich einst über meine indianische Lehrerin gelehrt bekommen habe.

Das Buch soll dir die Möglichkeit bieten zu erkennen, dass du ein Leben in völliger Einfachheit sowie Zufriedenheit haben und auch leben kannst sowie mit Freude und Mut Entscheidungen zu treffen, wenn du dich dazu entschließt dich voll und ganz anzunehmen und im Respekt mit dir selbst zu leben.

Einen Satz, den ich in der Ausbildung hörte: „Rettest du einen, rettest du alle."

Die Rede ist in diesem Buch einzig und allein von dir.

Also, rette dich selbst, spiegle die Liebe zu dir nach außen. Nur so kann die Wandlung für ein Leben in Frieden, Liebe und Freiheit auf dieser Welt beginnen, indem du den Krieg mit dir selbst beendest und ein für alle Mal deine Uniform und deine Waffen niederlegst.

Die Anregungen in meinem Buch sollen dir die Möglichkeit geben, dein Leben endlich so zu leben wie du es willst und nicht, wie andere es gerne von dir hätten, dass du es lebst.

Es ist dein Leben und nicht das eines anderen.

Sei du selbst, denn alle anderen gibt es schon.

Das Buch soll dir nicht sagen, was du zu tun hast, sondern Ziel ist, dass du damit die Möglichkeit bekommst zu erkennen, was du fühlst und was du willst, sodass du beginnst, dir selbst zu vertrauen um so zu leben, wie du es willst.

So wie wir als Kind an den Händen gehalten wurden, als wir das Gehen lernten, so soll auch das Buch dir den Halt auf der Reise zu deiner Tür und deinem einzigartigen Leben geben, um dann mit dem Schritt durch deine Tür frei laufen und fliegen zu können.

# Die Geschichte: Wie kam es so weit?

Bevor ich auf Respekt, Respektlosigkeit und die Folgen davon eingehe, erzähle ich dir zuerst eine Anekdote aus meinem Leben, um dir ein Verständnis davon zu geben, wie es bei mir dazu kam, dass ich mich mit dem Thema Respekt auseinandersetzen durfte.

Als Kind (ich spreche da von einem Alter, als ich etwa sechs Jahre jung war) bekam ich von meinem Umfeld in der Familie, in der Schule, den Lehrern und den Menschen, denen ich im Leben begegnet bin, über Respekt immer folgendes zu hören: „Habe Respekt gegenüber allen Menschen, die dir im Leben begegnen."

Da hörte ich das Wort Respekt zum ersten Mal in meinem Leben und neugierig, wie ich war, fragte ich sofort: „Was ist denn Respekt?"

Ich bekam, egal wen ich fragte, immer dieselbe oder ähnliche Antworten:
„Sage *bitte* wenn du etwas willst, sage *danke,* wenn du etwas bekommst und *grüße* die Menschen immer höflich, wenn dir jemand begegnet."

Ohne diese Feststellung von der Bedeutung des Respektes zu hinterfragen nahm ich diese Antworten hin, da sie ja von den Erwachsenen kamen und so lautete meine Antwort auf diese Frage immer: „Aha, also das ist Respekt."

Die Menschen, denen ich diese Antwort gab, wussten nicht, dass in meiner Antwort zum Schluss ein sehr großes Fragezeichen war. Wollten sie dieses Fragezeichen nicht sehen, da sie selbst nicht genau wussten, was Respekt ist, wie sie mir das erklären sollten oder lag es an der Respektlosigkeit mir selbst gegenüber, weil ich nicht genau nachfragte.

Heute weiß ich, dass es an der Respektlosigkeit mir selbst und den Personen gegenüber lag.

Wieso respektlos?

Nun, in Bezug auf mich war ich in der Hinsicht respektlos mir selbst gegenüber, weil ich das Gefühl hatte, genau nachfragen zu wollen, da ich ja ganz genau wissen wollte, was Respekt ist, dies aber nicht tat. Mit anderen Worten, ich vertraute meinem Gefühl nicht und fragte dadurch auch nicht nach.

Respektlos war ich den Menschen gegenüber, weil ich mir selbst untreu war und die Personen bewertete. Ich unterstellte ihnen, sie wüssten es

nicht oder sie könnten es mir nicht genau erklären.
Somit ist die Frage für mich bis heute offen, ob sie es genauer gewusst hätten oder nicht. Das alles, weil ich meinem Gefühl nicht vertraut habe.

Was ich nie vergessen werde, ist das Gefühl, das ich spürte, wenn jemand mit mir über Respekt gesprochen hatte.

Ich wusste, dass Respekt mehr ist, als man mir sagte, ich wusste in meiner Kindheit halt nur noch nicht was und eine genauere Antwort habe ich nicht bekommen.

Es war so etwas Großes, Weites und Kräftiges, was ich spürte, wenn ich das Wort Respekt hörte. Es fällt mir nicht leicht, für dieses Gefühl Worte zu finden, dennoch beschreibe ich, es dir mit einem bildlichen Beispiel:

Stell dir vor,
du schenkst
einem
kleinen
Kind einen
bunten,
riesigen Ballon,
was das für
leuchtende Augen
bekommt, die Freude,
die Mimik sowie
die Gestik und
das staunende Wort,
das es noch dazu sagt:
„Boooaaahhh"!

Ja, so war es bei mir, wenn ich das Wort Respekt hörte!

Mit diesem Wissen über Respekt, das ich von den Erwachsenen im Laufe der Zeit gelehrt bekommen habe, versuchte ich dann, diesen Respekt nach außen mit den Mitmenschen zu leben. Stets war ich höflich, stellte meine Bedürfnisse nie über die der anderen und ging Problemen aus dem Weg.

Im Laufe meiner Entwicklung zum Jugendlichen erschuf ich mir einen Glaubenssatz, der lautete: *Alle um mich herum in meinem Umfeld müssen glücklich sein, dann bin ich respektvoll.*

Zu diesem Zeitpunkt und mit diesem Glaubenssatz kam noch hinzu, dass ich dachte, dass es der Sinn des Lebens ist, alle anderen glücklich machen zu müssen, bevor ich selbst glücklich sein darf.

Es war wirklich sehr anstrengend, in dieser Illusion von Respekt zu leben. Je mehr ich mich nach den Mitmenschen ausrichtete und für sie der Lukas war, den sie haben wollten, damit diese glücklich sind, desto respektloser war ich zu mir selbst, was mir zu diesem Zeitpunkt jedoch nicht klar war.

So kam es dann, dass ich von einem Dilemma ins nächste lief, von der einen Beziehung in die nächste und von der einen Arbeitsstelle zur anderen.

Ich hatte es mir zur Lebensaufgabe gemacht, dass ich alle Menschen glücklich machen muss. Toll, wie respektvoll ich zu den anderen war und wie glücklich diese waren, doch wo war ich???

Die Bombe musste platzen und ich bin sehr dankbar dafür, dass ich zu diesem Zeitpunkt noch so jung war. Bevor die Bombe jedoch platzte, sah es so aus, als hätte ich auf Grund meines Respekts den anderen gegenüber nun alles geschafft.
Ich hatte eine Freundin, mit der ich sehr glücklich war, einen besten Freund, mit dem ich über alles reden konnte und eine gut bezahlte Arbeitsstelle mit sehr tollen Kollegen. Dies hielt zirka zwei Jahre an und dann hat die Zündschnur zu brennen begonnen.

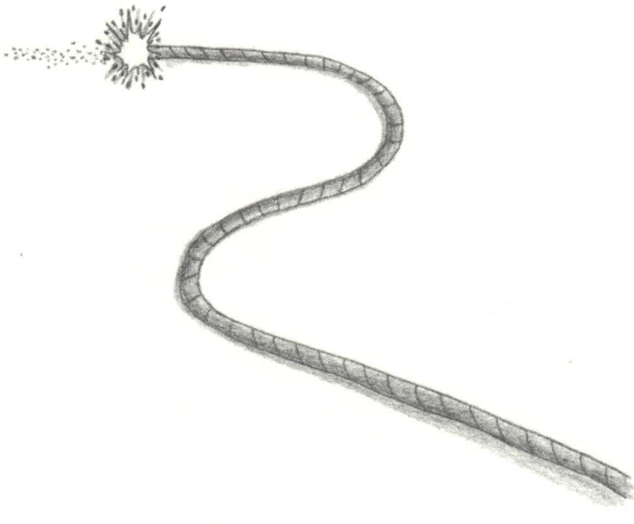

Als erstes habe ich erfahren, dass sich meine Freundin mit einem anderen Mann vergnügt, kurz darauf hat sich mein bester Freund, mit dem ich über das Problem mit meiner Freundin sprechen konnte, das Leben genommen und in Folge der Anhäufung dieser negativen Ereignisse lief es dann in der Arbeit auch nicht mehr gut. Das Verhältnis zu meinen Kollegen wurde auf Grund meiner Erlebnisse, durch die ich mich mehr und mehr einkapselte, immer schlechter und dann kam noch hinzu, dass ich von Panikattacken geplagt war.

Die Zündschnur hatte eine Brenndauer von zirka einem Monat, in der dies alles geschah.

Dann machte es BOOOM!!!

Was war übrig geblieben in dieser Rauchwolke?

Nichts!!!

Denn ich konnte in meinem eigenen Unglück ja niemanden mehr glücklich machen. Naja, und da ich es mir ja zur Lebensaufgabe gemacht hatte, ich müsse alle glücklich machen und mir dies schlichtweg nicht mehr möglich war, hatte ich auch keine Aufgabe und keinen Sinn im Leben mehr. Glück im Unglück, wie man so schön sagt, lernte ich kurz darauf meine indianische Lehrerin kennen.

Mit ihrer Hilfe war es möglich, einen Überblick zu bekommen und Ordnung in dieses Trümmerfeld zu bringen.

Im Zuge dessen kam es dann zu meiner alles entscheidenden Erkenntnis, die nicht einfach so da war, sondern die im Verlauf einer indianischen Ausbildung kam.

Die ersten zwei Sätze, die ich in dieser Ausbildung hörte und welche ich mit dir teile:

1) Bevor du jemand anderen wahrhaftig und aufrichtig lieben kannst, ohne dein inneres Wesen zu verbergen oder zu verbiegen, musst du dich zuerst selbst erkennen und dich lieben.

2) Lebe im Respekt mit dir selbst und du bist im Respekt mit allem.

Als ich diese Sätze hörte, hatte ich ein tolles Aha-Erlebnis, doch zugleich auch eine erschreckende Erkenntnis, nämlich dass viele Glaubenssätze, die ich mir in den letzten 23 Jahren gemacht hatte, von einem Moment zum anderen nicht mehr für mich passten.

Diese lauteten:

Ich muss *zuerst alle anderen glücklich machen, bevor ich selbst glücklich sein darf,*

oder

*ich darf meine persönlichen Werte nicht zum Ausdruck bringen,*

oder

*ich darf keine persönlichen Grenzen gegenüber anderen setzen,*

oder

*ich bin dazu verdonnert kein glückliches Leben führen zu können,*

*usw.*

So, jetzt habe ich genug von mir erzählt, nun teile ich mit dir alles, was ich nach den alten Werten lernen durfte, damit auch du dein Leben so leben kannst, wie DU es willst und damit es sich anfühlt als würdest du fliegen.

# Richtig oder “falsch“

Richtig und falsch gibt es das wirklich?

Wenn man mich fragt, sage ich ganz klar Nein – falsch gibt es nicht.

Wie komme ich dazu, dass ich sage ein Falsch gibt es nicht?

Nun, ich habe es für mich so erkannt, dass, wenn ich eine Entscheidung getroffen hatte und ich Tage, Wochen oder Monate danach eine *negative* Erfahrung auf Grund dieser Entscheidung machte, diese Erfahrung nicht länger als *negativ* bewertete, sondern als eine Möglichkeit, etwas für mich daraus zu lernen.

Ja, toll, jetzt wusste ich zwar, dass ich eine Möglichkeit habe, etwas für mich zu lernen, doch die nächste Frage war schon da.
Und was soll ich jetzt bitte aus dieser Situation lernen?

Ich war stinksauer in dem Moment, wo ich mir die Frage nach dem „WAS ich denn aus dieser Situation lernen dürfte“, stellte. Ich grübelte tagelang, was es denn sein könnte, doch ich bekam einfach keine Antwort.

Mit der Zeit wurden die vielen Gedanken in meinem Kopf über das „WAS“ immer leiser und leiser, kurz gesagt, ich dachte nicht mehr darüber nach und nahm die Situation einfach an, wie sie gerade war.

Plötzlich kam die Antwort von ganz alleine. Die Antwort, die ich bekam, war erneut eine Frage: „War ich bei dieser Entscheidung im Respekt mit mir selbst?“

Die Antwort, die ich auf diese Frage hatte, war sofort und ganz klar da: „Nein, ich war nicht im Respekt mit mir selbst.“

Auf einmal wurde mir auch klar, weshalb ich in den letzten Tagen so stinksauer war in Bezug auf die Frage, was ich denn lernen soll, weil ich mich und somit meine Entscheidung in Frage stellte.
Trotz alledem war es die richtige Entscheidung, die ich getroffen hatte, denn ich durfte so lernen, wie sich Respektlosigkeit mir selbst gegenüber auswirkt. Zum Beispiel, dass ich stinksauer werde und somit unglücklich mit der Situation im Leben bin.

Dies sind nur einige Beispiele, ich könnte darüber ein ganzes Buch schreiben, doch ich bin so frech, dass ich mir zu behaupten traue, dass du, liebe Leserin und Leser, selbst genug solcher Beispiele hast, wo es dir im Leben schon mal schlecht ging und du ähnliche Erfahrungen gemacht hast.

Wenn du Entscheidungen aus der Spontanität deiner Emotionen, Wut oder aus Trotz triffst, sind dies Anzeichen, dass du dich schon in der Respektlosigkeit dir selbst gegenüber und in deinem Ego befindest, somit nach deinem Kopf und nicht nach deinem Herzen sowie deinem Gefühl entscheidest.

Tipp: Gehe in die Ruhe um wieder zu deinem Rhythmus zu finden, damit du dann eine Entscheidung in Klarheit treffen kannst.

Zum Schluss des Kapitels gebe ich dir noch eine Erkenntnis mit auf den Weg:

*In dem Moment, wo du eine Entscheidung in deinem Leben triffst, ist es für dich die richtige, auch wenn es jetzt so aussieht, als wäre deine Entscheidung in der Vergangenheit die "falsche" gewesen, in dem Moment war es für dich die richtige.*

# Respekt

Respekt lässt sich in einem Wort beschreiben.

Respekt ist LIEBE

Nun gut, jetzt kommt womöglich die Frage, was ist Liebe oder wie beschreibt man Liebe?

Liebe ist Achtung vor der Schöpfung.
Liebe ist nicht bewertend, weder sich selbst noch anderen gegenüber.
Liebe ist Verzeihen.
Liebe ist Vergebung.
Liebe ist Dankbarkeit.
Liebe ist Vertrauen.
Liebe ist Hoffnung.
Liebe ist Glaube.
Liebe ist Erkenntnis.
Liebe ist Gesundheit.
Liebe ist Annehmen.
Liebe ist nicht an Besitz oder Kontrolle gebunden.
Liebe ist Freiheit.

Die Liebe kennt keinen Schmerz oder Krankheit, da sie nicht bewertet, ob etwas gut, schlecht oder böse ist. Die Liebe nimmt an, erkennt den Wert und die Botschaft für sich, bedankt sich und wandelt daher alles in Liebe um.

Durch den Wert des Respekts und somit der Liebe für dich selbst findet jedes Geben und Nehmen immer im Ausgleich statt, da du um deinen eigenen Wert weißt und sogleich auch im Respekt mit dir selbst bist und die Liebe in dir trägst. Deshalb ist es auch belanglos, welche Vorwürfe an dich herangetragen werden. Dies sind nur Vorwürfe, welche dich an deine Liebe zu dir selbst erinnern.

Liebe ist RESPEKT

# Wo beginnt der Respekt mit uns selbst?

Ich kann hier aus meiner Erfahrung sprechen und es wird bei vielen Menschen ähnlich, wenn nicht sogar gleich sein.

Der Respekt mit uns selbst beginnt schon dort, wo wir unsere verschiedenen Rollenbilder und negativen Glaubenssätze erkennen und begreifen, dass es sie gibt und diese akzeptieren. Wir müssen diese jedoch nicht als unabänderlich annehmen.

Sondern wir können uns klar dazu entscheiden, keine Rollen oder negativen Glaubenssätze zu übernehmen, in denen wir uns nicht wiedererkennen bzw. finden können, die uns nicht gut tun, die unser inneres Wesen fesseln, unsere Träume und Möglichkeiten begrenzen.

Zu Beginn hatte ich im Kapitel *Die Geschichte: Wie kam es so weit*, das Gefühl von Respekt als etwas Großes, Weites und Kräftiges beschrieben. Diese Größe, diese unendliche Weite und diese Kraft sind in jedem von uns!

Damit sich diese Gefühle auch zeigen und wir sie sehen können, sollten wir die Rollenbilder, die uns nicht gut tun, ablegen.

Erneut beschreibe ich dir bildlich, welche Auswirkung Rollen haben können:

Stell dir die Sonne vor, mit was für einer Größe sie da am Himmel steht, wie weit sie ihr Licht auf die Welt und in das Universum hinausstrahlt, mit welch einer Kraft sie leuchtet.

Stell dir nun vor, die Sonne würde beginnen, sich mit verschiedenen Schichten zu bedecken. Mit den Schichten sind die Rollen, welche die negativen Glaubenssätze in sich tragen, gemeint. Von Zeit zu Zeit werden ihre innewohnenden Begabungen und Qualitäten für uns nicht mehr sichtbar sein. Doch sie sind immer noch da!
Was hätte dies für Folgen auf die Welt und das Universum, wenn die Sonne dies tun würde?

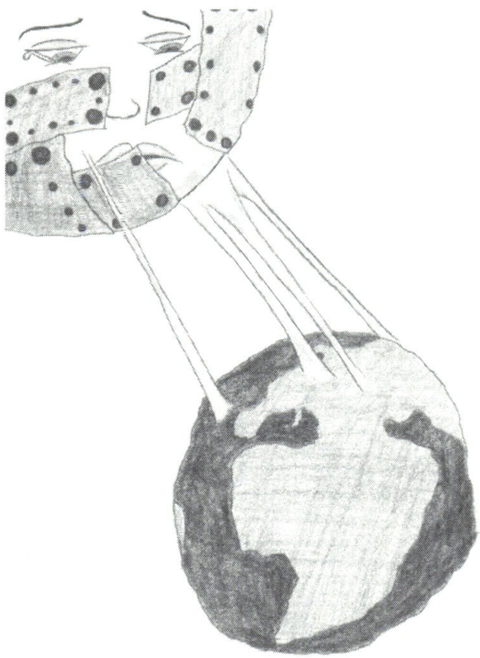

Was will ich dir damit sagen?

Bei uns sieht dies nicht sehr viel anders aus. Auch wir wissen, wie die Sonne, dass wir Begabungen und Qualitäten haben.

Wozu verstecken wir sie?
Welche Folgen hat das für uns und die Welt, wenn wir uns mit diesen Schichten bedecken?

Keiner von uns ist gekränkt oder sauer auf die Sonne, dass sie ihr wahres Wesen zeigt und ihre Begabung und Qualität lebt.

Also, warum sollte es bei uns so sein?

So wie die Sonne eine Wirkung auf diese Welt und das Universum hat, so haben auch wir eine Wirkung auf unser Umfeld, die Welt und das Universum.

Für mich war und ist es das größte Geschenk, dass ich meine Begabungen und Qualitäten, die ich immer schon hatte, anerkannte und begonnen habe diese zu leben.
Zuerst musste ich jedoch den Mut fassen und die Entscheidung treffen, meine Rollen und alten, negativen Glaubenssätze abzulegen. Plötzlich machten sich mir die verschiedensten Türen und Gelegenheiten im Leben auf. Das Beste daran ist, dass diese Gelegenheiten, solche sind, wo ich meine Begabungen und Qualitäten leben kann.

Es liegt an uns, diese Schichten abzunehmen, um die eigenen Begabungen und Qualitäten zu erkennen, zu leben und diese dann mit der Welt zu teilen.
Wenn wir nicht bei uns selbst als erstes beginnen etwas zu verändern, wird sich nichts in der Welt ändern und wir bleiben in einer Abwärtsspirale hängen.

Jeder ist für sein Leben selbst verantwortlich, niemand sonst.

Wenn wir das alle verstanden haben, hört es auf, dass es in dieser Welt Schuldzuweisungen und Vorwürfe gibt.

Zum Schluss gebe ich dir noch eine Anregung mit auf den Weg:

*Wir laufen Idealen hinterher, kopieren und verstellen uns, nur weil wir nach Anerkennung in der Außenwelt und dem Umfeld suchen.*

*Wolltest du schon einmal die Sonne sein?*

*Nein?*

*Wieso nicht, sie ist doch auch so großartig wie mancher Schauspieler, Musiker, Künstler usw.*

*Ich bin mir sicher, dass sich die Sonne auch nicht mit anderen Planeten vergleicht oder an sich, ihrer Begabung und Aufgabe zweifelt, weil sie meint, dass andere Planeten besser seien als sie selbst.*

# Wie kann ich respektvoll leben, ohne egoistisch zu sein?

So wie auch wir von unseren Mitmenschen akzeptiert und respektiert werden wollen, so wollen auch diese das von uns.

Das Spiegelgesetz besagt kurzgefasst:
So wie du dich verhältst, so verhält sich dein Gegenüber zu dir, wie auch ein altes Sprichwort lautet: *„So wie du in den Wald hineinrufst, so ruft dieser zu dir zurück.“*

Das Spiegelgesetz wird im Kapitel *Das Spiegelgesetz* genau beschrieben, hierfür reicht es völlig aus, wenn du dich am Sprichwort orientierst.

Also, wenn wir im Respekt mit uns selbst leben und dies somit auch ausstrahlen, wird es uns von unserem Umfeld gespiegelt.
Das heißt, wir müssen aufhören, die Fehler bei unseren Mitmenschen zu suchen, denn viele davon spiegeln uns die Respektlosigkeit, die wir uns selbst gegenüber haben. Zugleich spiegeln wir ihnen die Respektlosigkeit, die sie sich selbst gegenüber empfinden, wieder.

Jeder Mensch will Ehrlichkeit und hat diese auch verdient.
Meine Meinung ist, dass jeder Mensch feinfühlig ist und somit spürt und fühlt auch jeder Mensch die Rollen, die wir einnehmen.
Manchmal werden wir ärgerlich oder wütend, wenn wir das Gefühl haben, belogen zu werden.

Also, wenn wir Rollen einnehmen, nur um etwas zu erreichen, um anderen und uns selbst etwas zu beweisen, kommt es nicht aus dem Herzen und das spüren unsere Mitmenschen, so wie auch wir das von unseren Mitmenschen spüren.
Im Endeffekt laufen wir herum, belügen uns selbst und andere.

Im Laufe der Zeit haben wir es uns angewöhnt, nichts mehr zu sagen und viele Dinge einfach hinzunehmen und runterzuschlucken. Wir spüren zwar ganz klar, dass sich eine Situation komisch anfühlt, doch haben wir oft nicht den Mut, dies zu sagen und unsere Gefühle ohne Gewalt, Krieg oder verletzende Worte zum Ausdruck zu bringen.

Wir alle sind großartige Menschen, doch weshalb haben wir aufgehört unseren Gefühlen zu vertrauen?

Nun, wie kann ich meine Gefühle oder was ich wahrnehme, meinem Mitmenschen mitteilen und

dabei respektvoll sein, ohne ihn in seiner Person zu verletzen, also egoistisch zu sein?
Nicht mit Sätzen wie folgt beginnen:
*Es ist so..., weil du..., würdest du etwas mehr oder weniger von..., dann wäre alles anders oder besser.*
Kurz gesagt: Mit Schuldzuweisungen und Vorwürfen aufhören!

Grundlegend soll man immer direkt ansprechen, was uns in einer Situation bedrückt oder dass wir finden, es geht nicht mit rechten Dingen zu, dabei soll jedoch darauf geachtet werden, dass der Respekt gewahrt bleibt und man nicht beleidigend, herablassend, abwertend, bewertend, schreiend usw. mit der Person kommuniziert.
Hierbei ist auch die nonverbale Kommunikation gemeint, wie zum Beispiel ein verachtender Blick oder gar die Fäuste sprechen zu lassen.

Der Respekt kann nur gewahrt bleiben, wenn wir im Respekt mit uns selbst bleiben.

Eine Möglichkeit dazu ist stattdessen, dass die Personen ihre verschiedenen Ansichten der Situation auf der Gefühlsebene besprechen.
Damit es uns gelingt, eine andere Person zu verstehen, warum sie so handelt oder wieso die Person das so sieht, ist es wichtig, über die verschiedenen Handlungen und Ansichten zu sprechen.

Voraussetzung dafür ist es, dass alle Beteiligten das Interesse daran haben, die Sicht des anderen verstehen zu wollen und ein gemeinsames Ziel darin besteht.

Ein Beispiel beim Austausch von verschiedenen Ansichten:

Person 1 sieht einen grauen Himmel.
Person 2 sieht viele Wolken am Himmel.
Wieso sieht Person 1 einen grauen Himmel und Person 2 viele Wolken?

Eine Antwort werden die beiden nur bekommen, wenn sie über ihre verschiedenen Ansichten sprechen, sich austauschen und nicht, wenn sie sich darum streiten, wer recht hat.
Der Unterschied liegt in der Ansicht, dennoch haben beide recht.

Die neue Kommunikation stattdessen mit folgenden Worten beginnen:

*Ich spüre…*
*Ich fühle gerade…*
*Was spürst du?*

Wenn die Person oder Personen dir gegenüber nicht dasselbe spüren wie du, ist das völlig okay. Am Anfang kann diese neue Art der Kommunikation Zeit in Anspruch nehmen, da es neu ist, wieder uneingeschränkt über seine Wahrnehmungen und Gefühle zu sprechen.

Ist die Basis geschaffen, kann man gemeinsam daran arbeiten, dass sich die Meinungsverschiedenheit für alle klärt, das Ziel klar und unmissverständlich definiert wird und sich dies dann auch für alle gut und richtig anfühlt.
Wichtig ist, ehrlich zu sein, ohne dabei eigennützige Absichten im Kopf zu haben, welche aus dem Ego kommen.

Sinn ist es, durch diese neue Kommunikation auf der Gefühlsebene eine gemeinsame Sicht auf die Dinge zu bekommen und nicht auf der Verstandesebene zu bleiben, wo es nur darum geht, wer am meisten davon profitiert.

Die nachfolgende Erkenntnis hat es mir einfach und leicht gemacht, Menschen so anzunehmen wie sie sind:

Ich habe erkannt, so wie auch ich Rollen habe oder hatte, so haben es auch andere.

Ich akzeptiere, wie sie sind, auch sie haben eine Geschichte, die als Hintergrund für das Bedürfnis verantwortlich ist, eine bestimmte Rolle einzunehmen bzw. sich auf eine gewisse Art und Weise zu verhalten und zu handeln.

Ein indianisches Sprichwort besagt:

*„Gehe hundert Schritte in den Schuhen eines anderen, wenn du ihn verstehen willst."*

## Welche Folgen hat Respektlosigkeit uns selbst und anderen gegenüber?

Unehrlichkeit macht uns selbst und andere wütend, traurig, laut und vieles mehr. Diese negativen Emotionen und Gefühle leiten uns dann in Schweigen, Gewalt oder in den Krieg. Wenn diese Unehrlichkeit uns selbst und auch den anderen gegenüber so weitergeht, ist das die ewige Spirale nach unten und führt in Elend und Leid und macht uns im Leben unzufrieden.

Weshalb?

Ganz einfach: Wir wollen unsere Begabungen und Qualitäten, die wir haben, leben, doch wir beschränken uns selbst und verbieten uns unser Potenzial, unsere Begabungen und die damit verbundene Qualität zu leben.

Die Energie, die daraus resultiert, geht in Selbstzweifel, Selbstverachtung und so auch in Selbsthass über, und wie auch schon im Kapitel *Wie kann ich respektvoll leben, ohne egoistisch zu sein* erläutert, wird uns dieser Hass oder das Gefühl von Verachtung auch von außen widergespiegelt.

Wir verwenden oft die Worte: “Das macht mich krank oder Du machst mich krank.“

Woher kommt das?

Wenn wir uns vorstellen, dass wir regelmäßig alles runterschlucken oder in uns hineinfressen und nicht das leben, was wir leben wollen, kann ich mir sehr wohl vorstellen, dass uns das krank macht, was ja bereits auch wissenschaftlich erwiesen ist.

Hier ein paar Beispiele dazu:

Viele Rollen zu haben ist viel Kopfarbeit. Die Rolle muss einstudiert werden und der “Text“, das “Verhalten“ darf nicht vergessen werden, = viel Kopfarbeit. Daraus resultieren z.B. Kopfschmerzen, Verspannungen, Schwindel, Übelkeit, Nervosität usw.

*Was ist zu tun:* ***Erkenne*** *deine Rolle, bedanke dich bei deinem Körper und lege die Rolle ab.*

In Situationen, in denen uns etwas stört oder etwas unangenehm ist, sind wir es gewohnt, nichts zu sagen und vieles davon, wenn nicht

sogar alles, einfach hinzunehmen und runterzuschlucken.
Daraus resultieren z.B. Halsschmerzen, verschleimter Hals, Husten, Magenschmerzen, Übelkeit usw.

*Was ist zu tun:* ***Sprich*** *deine Gefühle und Gedanken aus, du kannst auch wie wild in deinen Kopfpolster schreien oder es dir im Auto rausbrüllen, wenn du es deinem Chef oder deinem Freund usw. nicht ins Gesicht sagen kannst oder willst. Damit es hilft funktioniert beides.*
*Bedanke dich bei deinem Körper, sprich es aus und dann bedanke dich nochmals bei deinem Körper.*

Diese vielen verschiedenen Situationen und unsere daraus resultierenden Handlungen können verwirrend sein, sodass sich das auch in der Psyche bemerkbar machen kann. Daraus resultieren z.B. Panikattacken, depressive Stimmungen, Burnout usw.

*Was ist zu tun:* ***Bei Panikattacken*** *versuchst du, eine Situation, Menschen, Handlungen bzw. dich selbst, deine Emotionen und Gefühle unbewusst zu kontrollieren. Nimm die Panikattacke wahr und versuche, sie nicht, vor Angst es könnte etwas Schlimmes passieren, mit Gewalt loszuwerden, somit kontrollierst du dich sogleich wieder selbst.*

*In dem Moment, wo du realisierst, dass du eine Panikattacke hast, sei dir bewusst, dass du etwas kontrollieren willst, mit diesem Wissen und der Erkenntnis der Kontrolle wird sich die Attacke in Luft auflösen, da du nicht mehr an der Kontrolle festhältst und sie somit loslässt.*

*Was ist zu tun:* ***Bei depressiver Stimmung*** *bist du in deinem negativen Gedankengut und in deinem eigenen Käfig gefangen, in welchen du dich durch eine Entscheidung, die du in einer Situation getroffen hast, selbst eingeschlossen hast. Um den Käfig zu deinem negativen Gedankengut öffnen zu können, braucht es einen Schlüssel um aufzuschließen und die Entscheidung ihn zu betreten. Sei dir im Klaren, du hast den Schlüssel, deshalb hast du auch die Möglichkeit, den Käfig wieder zu öffnen und ihn jederzeit verlassen zu können.*

*Was ist zu tun:* ***Bei Burnout*** *liegt die Ursache schon eine Zeit zurück, dort wo du deinen Wert unter den Wert von jemand anderen gestellt hast bzw. eine Rolle eingenommen hast, die alles andere als ein Leben im Respekt mit dir selbst beinhaltete. Vermutlich kannst du dich nicht daran erinnern, jedoch hat dir dein Körper zu diesem Zeitpunkt klar signalisiert, dass es an der Zeit ist „NEIN" zu sagen, jedoch konntest oder wolltest du dieses Signal nicht sehen oder wahrnehmen. Daraus resultierend, machen dich* *sowohl deine Psyche als auch dein Körper darauf aufmerksam, für deinen Wert und somit für dich selbst einzustehen und deine Energie wieder darauf zu richten, dich selbst zu lieben. Werde dir selbst und deinem eigenen Wert bewusst, stehe zu deinen Gefühlen und lebe ein „NEIN“, wo du ein „NEIN“ fühlst.*

Ganz einfach gesagt ist alles ein Zusammenspiel zwischen deinem Körper, deinem Geist und deiner Seele.

Diese einzelnen Komponenten, wenn man sie so nennen will, machen uns auf wirklich alles aufmerksam. Es liegt an uns, diese zu erkennen und anzunehmen. Um dann zu einer Veränderung zu kommen, müssen wir das umsetzen, was uns die großartigen Lehrer „Körper, Geist und Seele“ zeigen. Jede einzelne Zelle in deinem Körper bist du.

Dieses Zusammenspiel ist zwischen uns selbst und unseren Mitmenschen dasselbe.
Sie zeigen uns etwas auf und wir zeigen ihnen etwas auf, Respekt oder Respektlosigkeit!

Ein Beispiel ist auch, wenn sich zwei oder mehrere Menschen im Leben begegnen und ein Konflikt entsteht, wobei dieser Konflikt sehr oft aus den verschiedenen Rollen heraus passiert,

welche eingenommen werden und dann aufeinandertreffen. Im Laufe der Zeit beginnen sich diese Konflikte immer mehr und mehr aufzuschaukeln und aus Reflex hüpfen wir von einer Rolle in die nächste, von einer Uniform in die andere, nur um nicht verletzt zu werden. Die letzte Rolle ist die Opferrolle, in der man sich gegenseitig nur mehr Vorwürfe an den Kopf wirft.

Was hat das für einen Sinn?

Richtig, keinen.

Übernimm die Verantwortung für dein Leben, steig aus deiner Rolle, der Opferrolle aus, sei respektvoll zu dir selbst und deinem Gegenüber, so kommt man vom Konflikt in die respektvolle Kommunikation, wo eine Gesprächsbasis besteht, in der man respektvoll miteinander eine Lösung für das Thema findet.

Um aus dem Konflikt auszusteigen reicht es, wenn man die Grenze für seinen Wert setzt, dies kann zum Beispiel wie folgt passieren:

Man sagt, wie am Set beim Film oder im Theater, „STOPP“ oder „CUT“, um die anderen darauf aufmerksam zu machen, dass man so nicht weitermachen will.

Um zu einer Veränderung zu kommen, können wir immer nur mit uns selbst beginnen!

# Rollen

Hier findest du für dich die Möglichkeit zu erkennen, welchen Nutzen du aus deinen Rollen ziehst bzw. welche Nachteile eine Rolle für dich hat, um Klarheit für dich zu schaffen, was du willst.

Dazu habe ich erneut ein paar Fragen für dich, welche du dir stellen kannst, um herauszufinden, ob es sich für dich bezahlt macht, dass du eine bestimmte Rolle einnimmst.

Hilfreich ist, dir hierbei Notizen zu machen.

*Wo und wann beginne ich, eine Rolle einzunehmen?*
*Wozu nehme ich diese Rolle ein?*
*Was für einen Nutzen habe ich, wenn ich diese Rolle einnehme?*
*Wie fühlt es sich für mich an, wenn ich diese Rolle einnehme?*
*Was ist der resultierende Sinn und Nutzen, den ich aufgrund dieser Rolle habe?*
*In welchem Verhältnis steht es, mein wahres Wesen für die Rolle aufzugeben?*

NOTIZEN:

______________________________________________

______________________________________________

______________________________________________

Meine Erkenntnis, die ich erhalten durfte, als ich die Rollen aufgab, die mein wahres Wesen einschränkten:

Es war sehr anstrengend gewesen, die vielen verschiedenen Rollen auf Dauer zu haben.
Zu Beginn war es sehr anstrengend die Rollen aufzubauen, den Text sowie das Verhalten einzustudieren und die vielen Rollen durch das Leben zu schleppen und erst recht, diese Rollen aufrechtzuerhalten.

Als ich mich dann entschlossen hatte, alle Rollen abzulegen und dies auch tat, war ich erstaunt, was sich sofort alles änderte. Als ich mit der Zeit eine Rolle nach der anderen ablegte, wurde alles in meinem Leben immer leichter und leichter, bis schlussendlich die Leichtigkeit zur Gänze in mein Leben eingekehrt war.
Klar, denn ich hatte nicht mehr so viel Ballast mit mir herumzuschleppen. Auch der energetische Ballast hat ein Gewicht.

Heute ist es das größte Geschenk, das ich mir selbst machte, denn heute lebe ich mein Leben und bin stolz darauf zu sagen: „Schau, das bin ich.“

Bemerkenswert war für mich, nach einer Zeit zu erkennen, dass ich jetzt das in meinem Leben mache was ich schon immer machen wollte, dass Menschen in meinem Leben sind, die mich so schätzen wie ich bin und ehrlich zu sich selbst und somit auch zu mir sind.

Also, wenn auch du den Mut zur Veränderung hast und dich dazu entschließt, deine Rollen abzulegen, wird sich in deinem Leben sowie in deinem Umfeld vieles verändern und das alles zu deinem Besten.

Das Schöne ist, dass mit dem Mut zur Veränderung und dem ersten Schritt aus der Angst, sich dir plötzlich und sofort die kühnsten Gelegenheiten und Möglichkeiten ergeben, die dich in Staunen, Freude, Glück, Zufriedenheit und Dankbarkeit versetzen, sei es nun im Beruf, in der Familie, in der Partnerschaft, in deinem Freundeskreis usw.

Du wirst sehen. ☺

# Übung zur Selbstliebe

In diesem Kapitel schlage ich dir einen Tagesablauf, mit eingefügten Beispielen und Übungen vor, mit welchem du für dich erkennen kannst, wo du im Respekt mit dir selbst lebst, wo nicht und wie du es erkennen kannst, aber auch, wie du dir selbst gegenüber respektvoll sein kannst.

Nun, beginnen wir mal ganz von vorne, also wo du am Morgen aufwachst und dir eventuell die ersten Gedanken durch den Kopf sausen.

Was geht dir da so durch den Kopf?

Du musst nicht auf spezifische Themen eingehen, es geht vielmehr darum zu erkennen, ob deine Gedanken *positiv* oder *negativ* sind.

Welche Rolle hast du in diesen Gedanken?
Ist es eine positive Rolle oder eine negative Rolle?

Wenn wir davon ausgehen, dass deine Gedanken negativ sind und dich diese eventuell unter Stress oder in ein Gefühl von Angst versetzen, dann habe ich hier zwei Rettungsfragen, die lauten:

*Bin ich im Respekt mit mir?*
*Lebe ich in dieser negativen Rolle, was meinem inneren Wesen entspricht?*

Keine Angst, du bekommst eine Antwort! Trau dich hinzusehen und hinzuhören!

Was ich dir mit auf den Weg gebe:
DU triffst die Entscheidung, welche Rolle du einnimmst.

Es ist möglich, dass du irgendwann einmal die Vereinbarung mit dir selbst getroffen hast, diese negative Rolle einzunehmen.
*Wer hindert dich daran, deine Vereinbarung zu ändern?*

Niemand, außer du selbst machst es, somit hast du immer die Möglichkeit, aus dieser Rolle auszusteigen.

Im Folgenden beschreibe ich dir eine Übung.
Nimm dir dafür so viel Zeit wie du brauchst. Ich empfehle dir, dabei ehrlich zu dir selbst zu sein. Niemand außer dir sieht es und du machst es auch nur für dich und niemand anderen.
Gerne kannst dir auch nach jeder Übung Notizen machen. Du kannst sie jederzeit wiederholen, zum Beispiel in der Arbeit, bei Freunden oder wo auch immer du bist, einen Spiegel, den du dazu benötigst, gibt es fast immer und überall.

Wer sucht, der findet, glaub mir, ich spreche aus eigener Erfahrung. ☺

Wenn du aus dem Bett steigst, deinen Toilettengang machst und dich dann in dein Badezimmer begibst, kommst du früher oder später an einem Spiegel vorbei. Wenn du also auf der Toilette oder im Bad angekommen bist und an dem neuen Morgen das erste Mal in den Spiegel siehst:

*Wen siehst du in diesem Spiegel?*
Ich vermute mal, die Antwort wird lauten: „Mich."
Gut, stimmt, du hast recht. ☺

Nun bitte ich dich, dass du dir folgende Fragen stellst und dir dabei tief in deine Augen siehst:

*Wen sehe ich?*
*Sehe ich glücklich aus?*
*Was sagt mir mein Spiegelbild?*
*Wie viel Respekt habe ich vor dem Menschen, der sich mir im Spiegel zeigt?*

Welche Antworten hast du bekommen?
Du kannst hier wieder die Rettungsfragen verwenden:

*Bin ich im Respekt mit mir?*
*Wie viel lebe ich, was meinem Wesen entspricht?*

Auch hier gilt wieder:
Du triffst die Entscheidung, niemand anderer.

NOTIZEN:

Ich habe meinen Arbeitsweg größtenteils mit dem eigenen Auto zurückgelegt und somit waren die ersten Personen, denen ich begegnete, Arbeitskollegen. Ich weiß nicht, wie es bei dir ist, ob du mit öffentlichen Verkehrsmitteln zur Arbeit fährst. Das ist für den nächsten Abschnitt nicht wichtig, denn hier geht es um deinen Erstkontakt mit Menschen, an diesem Tag.

*Wie reagiere ich?*
*Welche Rolle nehme ich ein?*
*Nehme ich überhaupt eine Rolle ein?*
*Ist dies eine Rolle, wo ich ich selbst bin und im Respekt mit mir selbst lebe, also der Welt mein wahres Ich zeige?*
*Oder verstecke oder verschleiere ich mein wahres Wesen lieber?*

Du hast die Entscheidung, es liegt an dir.

NOTIZEN:

________________________________________

________________________________________

________________________________________

Du kannst für dich zum Beispiel in der Arbeit bei einem Toilettengang oder sogar an deinem Arbeitsplatz selbst überprüfen, ob du im Respekt mit dir bist oder nicht. Wo auch immer du einen Spiegel findest, stelle dir die Fragen vom Morgen erneut.

Wenn die Antworten negativ sind, frag dich:

*Was kann und will ich verändern, damit dieser Mensch im Spiegel wieder glücklich ist?*
*Was kann und will ich verändern, um vor diesem Menschen wieder Respekt zu haben?*

Keine Sorge, du bekommst Antworten.

NOTIZEN:

---
---
---

Meiner Erfahrung nach ist die erste Antwort die richtige, was nicht bedeutet, dass es bei dir genauso sein muss.

Nachdem du deinen Arbeitstag geschafft hast und die Arbeit hinter dir gelassen hast und zu Hause angekommen bist, will ich noch eine Übung mit dir machen. Diese ähnelt der Übung mit dem Spiegel am Morgen, sie dient dir zu erkennen, was sich verändert hat und liefert dir deine Erkenntnisse.

Ich bitte dich, dass du dir dazu folgende Fragen stellst:

*Wen oder was sehe ich im Spiegel?*
*Sieht dieser Mensch im Spiegel glücklich aus?*

*Wie viel Respekt habe ich vor dem Menschen, der sich mir im Spiegel zeigt?*

NOTIZEN:

________________________________________________
________________________________________________
________________________________________________

Nun bitte ich dich, dass du es mit deinen Antworten vom Morgen vergleichst, mit den Fragen:

*Was hat sich verändert?*
*Fühle ich mich jetzt besser oder schlechter als am Morgen?*
*Was waren die Auslöser, dass ich mich jetzt so fühle?*

NOTIZEN:

________________________________________________
________________________________________________
________________________________________________

Du kannst dir deine Erkenntnisse notieren und eine Pro- und Kontraliste erstellen, damit du für dich ein klares Bild bekommst, wo du glücklich in deinem Handeln bist und wo nicht.

Auch hier ist es wichtig, wieder ehrlich zu dir zu sein, denn solltest du in irgendeiner Form in deinem Leben unglücklich sein, hast du nun die Möglichkeit, alle alteingesessenen Muster zu erkennen und eines nach dem anderen abzulegen, anders gesagt, die respektlosen Handlungen dir selbst gegenüber einfach wegzulassen.

Erkenne es und dann verändere es für dich.

NOTIZEN:

___

___

___

Ein wichtiger Abschnitt ist, dir die Frage zu stellen, welche Rollen du in deinem sozialen Umfeld hast. Die Rolle bei der Partnerin, dem Partner, den Kindern, den Eltern, Freunden usw.

*Entsprechen diese Rollen meinem wahren Wesen oder würde sich so manches für mich besser anfühlen, wenn ich mein wahres Ich zeige?*

NOTIZEN:

___

___

___

Zum Abschluss des Tages, wo du dich das letzte Mal bei der Abendtoilette in den Spiegel siehst, stell dir noch einmal die Frage:

*Wie viel Respekt habe ich vor der Person im Spiegel?*

Wenn du ein Lächeln von der Person aus dem Spiegel bekommst, so kann dies ein Zeichen der Dankbarkeit sein, dass sie wahrhaftig und mit Ehrlichkeit gesehen wird.

Wenn du danach zu Bett gehst, kannst du noch einmal den heutigen Tag reflektieren, wo du bewusst die positiven Ereignisse noch mal Revue passieren lässt, in denen du dich heute dafür entschieden hast, im Respekt mit dir zu sein.

Sollte es vorkommen, dass dir Situationen einfallen, wo du findest, nicht respektvoll mit dir gewesen zu sein, sieh es nicht als Fehler, sondern als eine Gelegenheit für dich, etwas daraus zu lernen um es am nächsten Tag schon verändern zu können.

NOTIZEN:

___

___

___

Zwei Rituale, die ich in der indianischen Ausbildung lernen, durfte und auch heute noch sehr gerne mache:

RITUAL zum Ablegen von Glaubenssätzen:

Wenn du einen negativen Glaubenssatz erkannt hast, notiere den alten negativen Glaubenssatz auf einem Zettel. Verneige dich, bedanke dich noch einmal für alles was du durch ihn erfahren und lernen durftest und verabschiede dich von diesem Glaubenssatz. Im Anschluss daran verbrennst du den Zettel und sprichst deinen neuen positiven Glaubenssatz aus.

RITUAL um dich selbst zu lieben:

Umarme dich täglich 21 Minuten lang selbst, durchgehend für mindestens 21 Tage.

Aus meiner Erfahrung weiß ich, dass ich durch dieses Ritual Großartiges erleben und fühlen durfte, weshalb ich es heute immer noch sehr gerne mache.

# Das Spiegelgesetz

Wie im Kapitel *Wie kann ich respektvoll leben, ohne egoistisch zu sein* erwähnt, erläutere ich hier nun das Spiegelgesetz in vier Schritten.

Das Spiegelgesetz ist ein universelles Gesetz, das so wie die Schwerkraft immer und an jedem Ort aktiv ist. Dieses Spiegelgesetz gibt uns Menschen die Möglichkeit, unsere negativen Glaubenssätze und die daraus resultierenden Verhaltensmuster zu erkennen, um diese dann in positive Glaubenssätze zu wandeln, um ein glückliches sowie zufriedenes und erfülltes Leben zu leben.

Um unsere negativen Glaubenssätze und Verhaltensmuster zu erkennen, hier die vier möglichen Spiegel, die uns im Alltag begegnen können:

*Spiegel 1*
Alles, was mich am anderen stört, ärgert, aufregt oder in Wut geraten lässt und was ich anders haben will, das trage ich in mir selbst. Alles, was ich am anderen kritisiere, bekämpfe und/oder verändern will, kritisiere, bekämpfe und unter-

drücke ich in Wahrheit in mir selbst und wünsche mir, dass es anders wäre.

*Spiegel 2*
Alles, was mich verletzt, was ein anderer an mir kritisiert und/ oder an mir verändern will, zeigt mir, dass es mich betrifft und nach Erlösung in mir ruft. Meine gegenwärtige Persönlichkeit fühlt sich gekränkt und beleidigt.

*Spiegel 3*
Alles, was mich kalt lässt, was ein anderer an mir kritisiert, mir vorwirft, an mir verändern will oder an mir bekämpfen will, ist sein eigenes Bild, sein eigener Charakter, seine eigene Unzulänglichkeit, die er nur auf mich projizieren will.

*Spiegel 4*
Alles, was mir am anderen gefällt, was ich an ihr/ihm liebe, bin ich selbst, habe ich selbst in mir und liebe dies am anderen. Ich erkenne mich selbst im anderen, wir sind in diesem Punkt eins.

Um unsere negativen Glaubenssätze zu wandeln, eine praktische 4-Schrittmethode mit dem Schlüssel für die Wandlung:

Zu Beginn sei noch erwähnt, dass dir dein Gegenüber immer zwei Chancen bietet:

1. eine Eigenschaft, eine Stärke, eine Gabe, ein Talent von dir zu erkennen, die du aus deinem Leben ausklammerst

oder

2. deinen dagegensprechenden Glaubenssatz, deine dagegenwirkende, lieblose Überzeugung, dein Urteil, dein Verbot ... zu finden und aufzuheben.

**Die 4-Schrittmethode:**

*Schritt 1 – Beschreiben*
Beschreibe in 2 bis 3 Sätzen die Person, das Ding oder die Situation vor deinen Augen, die das unangenehme Gefühle in dir entfacht. Verwende bitte hauptsächlich Eigenschaftswörter:

WIE ist das Spiegelbild?
Und Zeitwörter: WAS tut es?

*Schritt 2 – Akzeptieren und Entschlüsseln*
Schreibe es auf oder sprich laut: „Ich akzeptiere jetzt das gegebene Spiegelbild und übernehme die Verantwortung dafür. Ich war es selbst, der/die das hervorgerufen hat."

Finde die verborgene, wahre Botschaft (dein Geschenk!).

*Schritt 3 – Danken und Aufgeben*
Gehe noch ein letztes Mal gedanklich zurück und sieh dich unglücklich in verschiedenen Situationen, in welche du dich selbst aufgrund eines lieblosen Glaubenssatzes gebracht hattest. Triff nun eine sehr liebevolle Entscheidung. Ich gebe meinen Irrtum (= meinen negativen Glaubenssatz) jetzt auf. Verabschiede dich in Liebe von diesem negativen Glaubenssatz. Dazu notiere ihn in einem Ritual auf einem Zettel und verbrenne diesen anschließend.

*Schritt 4 – Neue Idee*

Wo vorher ein liebloser Glaubenssatz beheimatet war, ist jetzt ein Vakuum in deinem Geist. Du kannst dir dein Bewusstsein durchaus als riesengroße Kugel vorstellen, die mit abertausenden bunten Kugeln vollgefüllt ist. Jede kleine Kugel entspricht einer Überzeugung von dir. EINE davon, eine grauschwarze, hast du soeben ans Licht gebracht! Durch deine Entscheidung, dich von falschen Gedanken zu befreien, ist jetzt ein freier Platz entstanden, wo vorher ein dunkler Bereich festsaß. An dieser Stelle pflanzt du jetzt als Schöpfer eines freudvollen Lebens eine neue Idee, einen Leitspruch, der dein Herz berührt! Bewahre ihn als kostbaren Schatz in deinem

Geist, indem du ihn so oft wie möglich wiederholst. Du kannst ihn zum Beispiel am Morgen bei der Spiegelübung aussprechen, auf deinem Handy speichern und/oder als Bildschirmschoner einfügen. Deine neugeborene Idee ist ein Gedanke, der auf diese Weise zu einer neuen Überzeugung und somit zu einem neuen Glaubenssatz werden wird, der dir Liebe bestätigt und dementsprechende Tatsachen in deinem Leben hervorbringen wird.

# Das Spiegelgesetz spiegelverkehrt gesehen

Das Spiegelgesetz spiegelverkehrt gesehen ist die Erweiterung vom 3. Spiegel, welche dir die Möglichkeit gibt, dein Gelerntes noch weiter zu festigen und zugleich deinem Gegenüber ein Spiegel des Selbstrespektes und der Selbstliebe zu sein.

Wenn es vorkommt, dass du negativ denkende Menschen oder negative Situationen in dein Leben ziehst, die sich respektlos zu sich selbst und somit zu anderen und dir gegenüber verhalten oder dich unglücklich machen, dann aus zwei Gründen:

Zum einen um dich daran zu erinnern, wer du selbst bist und was du gelernt hast und zum anderen, dass auch du deinen Teil dazu beiträgst, Menschen den Mut zum Selbstrespekt und zur Selbstliebe zu spiegeln, sodass auch sie den Respekt und die Liebe zu sich selbst wiedererkennen können, durch dich als ihren Spiegel.

Wie kannst du dir aber sicher sein, dass du im Respekt mit dir selbst bist und nicht selbst lernen darfst, wieder in den Respekt mit dir zu gehen?

Dazu noch einmal der 3. Spiegel:

*Alles, was dich kalt lässt, was ein anderer an dir kritisiert, dir vorwirft, an dir verändern will oder an dir bekämpfen will, ist sein eigenes Bild, sein eigener Charakter, seine eigene Unzulänglichkeit, die er nur auf dich projizieren will.*

Ist dies der Fall, kannst du entweder deinem Gegenüber den respektlosen Spiegel vor die Nase halten, was unweigerlich passieren wird, wenn es dich selbst betrifft, jedoch weißt du bereits, was dafür zu tun ist bzw. wie du es für dich erkennen und wandeln kannst. Betrifft es dich nicht, bist du im Respekt mit dir selbst und bietest deinem Gegenüber einen Spiegel, der Respekt mit sich selbst und innere Ruhe ist. So bietest du deinem Gegenüber die Möglichkeit zu erkennen, dass auch sie oder er den Respekt und so die Liebe zu sich selbst wiederfinden kann.

Im alltäglichen Leben kann es sein, dass wir in Situationen sind oder in solche kommen, in denen wir Personen begegnen oder mit ihnen in Kontakt treten, wo wir das Gefühl bekommen, diese Person verstellt sich oder bekommt das Gefühl, die Person steckt in einer Rolle.

Heißt das jetzt, ich bin auf Grund des Spiegelgesetzes nicht im Respekt mit mir selbst?

Nein, dies muss nicht zwangsläufig bedeuten, dass du nicht im Respekt mit dir selbst bist, doch das Spiegelgesetz ist trotzdem immer aktiv, denn es gibt auch die Möglichkeit, dass wir der anderen Person spiegeln:

Du kannst im Respekt mit dir sein.

Wie geht man vor, wenn man sicher zu sein glaubt, dass man im Respekt mit sich selbst ist, jedoch solch einen Spiegel vor die Nase gehalten bekommt?

Bleib im Respekt mit dir selbst.

Solltest du erkennen, dass es doch etwas in dir auslöst, dann bedanke dich und wandle den negativen Glaubenssatz sofort in einen Positiven um. Sobald du einen negativen Glaubenssatz erkennst, wandelt sich die Energie, wirkt sofort auf dich und dein Gegenüber und die Situation verändert sich zum Positiven. Wichtig ist, dass du dir immer selbst treu bleibst und dir auch eingestehen kannst, dass auch du lernen und erkennen darfst.

# Wichtig für DICH

Jetzt, wo du um den Respekt mit dir selbst und so auch um die Liebe mit dir selbst weißt, habe ich eine indianische Geschichte für dich, die noch einmal das bereits Erzählte zusammengefasst wiedergibt, wie auch das Gedicht Selbstliebe.

Beginnend mit der Geschichte der zwei Wölfe, die die Entscheidungen, ob etwas richtig oder falsch ist, beinhaltet sowie den Respekt mit sich selbst.

Im Anschluss an die Geschichte folgt das Gedicht Selbstliebe, das…, ach…, lass dich überraschen.

Zum Schluss folgen die Erkenntnisse, die ich in der Zeit meiner indianischen Ausbildung gewinnen durfte. Dazu empfehle ich dir, die Erkenntnisse nicht einfach schnell zu lesen, sondern Erkenntnis für Erkenntnis durchzulesen und sie eine Zeit lang auf dich wirken zu lassen, bis du für dich und dein Leben die Botschaft der Erkenntnis darin erkennst.

Viel Spaß auf der Reise durch die Geschichte, deine Erkenntnisse und dein Leben.

# Die Geschichte von den zwei Wölfen

Ein alter Indianer sitzt mit seiner Enkelin am Lagerfeuer und erzählt ihr folgende Geschichte: „In jedem von uns tobt ein Kampf zwischen zwei Wölfen.

Der eine Wolf ist böse. Er kämpft mit Neid, Eifersucht, Gier, Arroganz, Selbstmitleid, Lügen, Überheblichkeit, Egoismus und Missgunst.

Der andere Wolf ist gut. Er kämpft mit Liebe, Freude, Frieden, Hoffnung, Gelassenheit, Güte, Mitgefühl, Großzügigkeit, Dankbarkeit, Vertrauen und Wahrheit."

Das kleine Mädchen schaut eine Zeitlang ins Feuer, dann fragt es: „Und welcher der beiden Wölfe gewinnt?"

Der alte Indianer schweigt. Nach einer ganzen Weile antwortet er:

„Der, den du fütterst."

Wir können jeden Tag aufs Neue entscheiden, welchen Wolf in uns wir füttern ...

# Gedicht Selbstliebe

**1 AUTHENTIZITÄT**
Als ich mich selbst zu lieben begann, erkannte ich, dass Kummer und emotionales Leiden nur Warnzeichen sind dafür, dass ich entgegen meiner eigenen Wahrheit lebe. Heute weiß ich, das ist „AUTHENTISCH SEIN“.

**2 RESPEKT**
Als ich mich selbst zu lieben begann, verstand ich, wie sehr es jemanden beeinträchtigen kann, wenn ich versuche, diesem Menschen meine Wünsche aufzuzwingen, auch wenn ich eigentlich weiß, dass der Zeitpunkt nicht stimmt und dieser Mensch nicht dazu bereit ist - und das gilt auch, wenn dieser Mensch ich selbst bin. Heute nenne ich das „RESPEKT“.

**3 REIFE**
Als ich mich selbst zu lieben begann, hörte ich auf, mich nach einem anderen Leben zu sehnen, und ich konnte sehen, dass alles, was mich umgibt, mich einlädt zu wachsen. Heute nenne ich dies „REIFE“.

**4 SELBSTVERTRAUEN**

Als ich mich selbst zu lieben begann, verstand ich, dass ich mich in allen Umständen stets zur rechten Zeit am richtigen Ort befinde und alles genau zum richtigen Zeitpunkt geschieht. Von da konnte ich gelassen sein. Heute nenne ich dies „SELBST-VERTRAUEN“.

**5 EINFACHHEIT**

Als ich mich selbst zu lieben begann, habe ich es sein lassen, mir meine eigene Zeit zu stehlen, und ich hörte auf, große Zukunftsprojekte zu entwerfen. Heute mache ich nur das, was mir Freude bereitet und mich glücklich macht, Dinge, die ich gerne tue und die mein Herz zum Lachen bringen - und ich tue sie auf meine Weise und in meinem Rhythmus. Heute nenne ich das „EINFACHHEIT“.

**6 SELBSTLIEBE**

Als ich mich selbst zu lieben begann, befreite ich mich von allem, was nicht gesund ist für mich - Nahrung, Menschen, Dinge, Situationen - und von allem, was mich herunterzieht und mich von mir wegzieht. Erst nannte ich diese Haltung einen „GESUNDEN EGOISMUS“. Heute weiß ich, das ist „SELBSTLIEBE“.

**7 BESCHEIDENHEIT**
Als ich mich selbst zu lieben begann, ließ ich es sein, immer Recht haben zu wollen, und seitdem habe ich mich viel weniger geirrt. Heute habe ich entdeckt, das ist wahre „BESCHEIDENHEIT“.

**8 ERFÜLLUNG**
Als ich mich selbst zu lieben begann, habe ich mich geweigert, weiterhin in der Vergangenheit zu leben und mich um die Zukunft zu sorgen. Jetzt lebe ich nur für diesen Augenblick, wo ALLES stattfindet. Heute lebe ich jeden Tag einfach nur Tag für Tag, und ich nenne es „ERFÜLLUNG“.

**9 WEISHEIT DES HERZENS**
Als ich mich selbst zu lieben begann, erkannte ich, dass mein Denken mich verstören, unruhig und krank machen kann. Doch als ich es mit meinem Herzen verbunden hatte, wurde mein Verstand ein wertvoller Verbündeter. Diese Verbindung nenne ich heute „WEISHEIT DES HERZENS“.

**10 LEBEN**
Wir brauchen uns nicht länger fürchten vor Argumenten, Konfrontationen oder vor jeglicher Art von Problemen mit uns selbst oder mit anderen. Selbst Sterne stoßen zusammen, und aus ihrem Zusammenprall werden neue Welten geboren. Heute weiß ich, das ist „LEBEN“!

# Erkenntnisse

- **Alles verändert sich, ist im Wandel. Ich kann alles erreichen, da alles Energie ist.**
  Ich ändere meinen Bewusstseinszustand und spüre meine Flügel.

- **Meine Vergangenheit ist meine Erfahrung, bestimmt aber nicht die Zukunft.**
  Meine Gegenwart ist das Resultat aus meiner Vergangenheit. Ich ändere jetzt was ich ändern will, um dann die Zukunft zu bekommen, die ich für mich wünsche.

- **Ich verzeihe mir selbst.**
  Ich lerne aus meinen Erfahrungen und verurteile sie nicht länger als schlecht.

- **Wann die Vergangenheit der Vergangenheit angehört, entscheide ich.**
  Ich kann das Drama aufrechterhalten oder es einfach als eine Erfahrung sehen, die mich weitergebracht hat, durch die ich lernen durfte.

- **Ich verändere meinen Bewusstseinszustand durch einen klaren Perspektivenwechsel.**
  Ich stelle mir die Situation aus der Vogelperspektive vor und dann frage ich mich: Was sagt mir der Vogel aus seiner Perspektive, aus der Kameraperspektive? Was sagt mir der Kameramann oder welchen Tipp gibt mir der Regisseur für die Szene?

- **Ich vergleiche eine Situation: Was würde jetzt ein kleines Kind tun/sagen?**
  Es wird oft vom inneren Kind gesprochen und davon, dieses zu erkennen. In schwierigen Situationen stelle ich mir dann die Frage: Was würde jetzt meine kleine Tochter, mein Sohn, mein Neffe, Cousine, Cousin tun oder sagen? Dann passe ich es an die Erwachsenenwelt an und handle.

- **Bei der Fahrt durchs Leben schaue ich nicht ständig in den Rückspiegel.**
  Ich kann zwar den Weg vor mir erahnen, doch wenn ich ständig in den Rückspiegel schaue, wird es passieren, dass ich auf dem Weg vor mir in eine Mauer, Böschung, Kurve oder sonst etwas krachen werde.

- **Was kann/darf ich heute Neues lernen?**
  Jeder neue Tag bringt Abenteuer mit sich, wo ich Erfahrungen sammeln kann und darf.

- **Es ist immer alles da, was ich für den Moment brauche.**
  Ich zweifle nicht, alles was ich jetzt brauche, ist da: ICH!

- **Erfahrungen sind etwas ganz Tolles, ich achte darauf, meinen Verstand nicht mit meinem Gefühl zu verwechseln.**
  Sollte es mir dennoch passieren, erkenne ich und sage: „Danke, ich habe eine Erfahrung gemacht." Wichtig ist, dass ich dabei die positive Entwicklung sehe: Ich stehe zu mir selbst.

- **Situation A_____1_____2_____3_____Situation B**

**Beginn**:
Bei **Situation A** wurde eine Entscheidung nach dem Gefühl getroffen.

**1-3**:
Von **1-3** sind Erfahrungen gemacht worden. Wenn man annimmt, dass diese Erfahrungen von **1-3** negativ waren, wird in der **Situation B,** wenn diese ähnlich der **Situation A** ist, nicht nach dem Gefühl entschieden, sondern nach dem Glaubenssatz, der sich zwischen **A** und **B** erzeugt hat. = Also handelt man nicht nach dem Gefühl, sondern nach dem Verstand.

- **Wenn sich der Verstand einschaltet, neige ich meinen Kopf zum Herzen.**
Wenn ich eine Entscheidung treffen möchte und nicht klar weiß, wie ich wählen soll oder es mir schlecht geht und ich nicht mehr weiß, was ich tun kann, damit es mir wieder gut geht, dann neige ich meinen Kopf zum Herzen und bleibe so lange in dieser Haltung, bis in meinem Kopf Stille einkehrt und ich den Rhythmus meines Herzens wieder wahr-

nehme, denn dann kommt auch die Antwort von ganz alleine und somit aus meinem Herzen zu mir.

- **Ich habe immer eine Wahl, ich habe immer Handlungsmöglichkeiten.**
  Ich kann immer eine Entscheidung treffen, Ausreden sind Anzeichen, dass ich mich in der Angst befinde und es wieder Zeit ist, in den Mut zu gehen und mir zu vertrauen.

- **Im Jetzt leben und nicht in der gedachten Zukunft leben.**
  Ich lebe im Jetzt, nicht in der Zukunft. Die Zukunft wird von der Gegenwart bestimmt. Was ich im Jetzt mache, bestimmt meine Zukunft.

- **Alles ist richtig.**
  siehe Kapitel: *Richtig oder "falsch"* S. 25

- **Ich nehme an, wie es kommt, denn so wie es kommt ist es richtig.**
  So wie es kommt, ist es richtig, um Erfahrungen und Erkenntnisse zu sammeln, auf Grund derer ich mich weiterentwickle. Wichtig ist, dass ich mich nicht verbiegen lasse und mir selbst immer treu bleibe. Ich vertraue, stecke jedoch meine Grenzen für andere immer klar ab.

- **Ich genieße das Leben.**
  Ich genieße das Leben so wie es ist und so wie es kommt. Es hat mir so vieles zu bieten. Ob ich etwas will, ob mir etwas gefällt oder nicht, entscheide ich. Was mir gefällt genieße ich, was mir nicht gefällt ändere ich. Ich treffe die Entscheidungen für mich.

- **Alles ist so neu.**
  Jeder Tag bringt Neues mit sich, Erfahrungen, Erkenntnisse, Abenteuer. Ich entscheide, wie ich diese erleben will.

- **Ich verspüre Dankbarkeit für meine Erfahrungen.**
  Ich beurteile und bewerte meine Erfahrungen nicht als schlecht oder negativ, ich bewerte auch nicht, wie mein Leben gerade verläuft. Dies würde mich nur dazu bringen, dass ich Strategien hege und pflege und dann in den Krieg mit mir selbst gehe. Ich bin dankbar für meine Erfahrungen.

- **Ich sage: „Mhmm, Aha, Achso“**, wenn jemand mit mir abwertend spricht, mit mir schreit oder mir Vorwürfe macht. Das Gegenüber erzählt mir nur seine Geschichte und was ihn an seinem Glaubenssystem stört. Ich lasse es wie den Wind einfach durch dich hindurchziehen.

- **Es verstehen heißt zu lieben und anzunehmen.**
  Ich bin im Respekt mit mir selbst, vertraue und bin somit im Respekt mit allem.

- **Ich lebe im Hier und Jetzt.**
  Ich lasse mich vom Fluss des Lebens treiben.
  Ich liebe das Leben.
  Ich liebe mich.

- **Ich vertraue auf die Energien.**
  Ich nehme an wie es ist.
  Ich bin beschützt.
  Das Beste für mich ist um mich.
  Ich erkenne und nehme an.

- **Das Beste für mich ist um mich.**
  In dem Moment, wo ich bin, ist immer alles da, was ich brauche, um etwas zu verändern: Ich selbst bin die Veränderung.

- **Ich vertraue.**
  Alles ist zu meinem Wohl. Ich weiß aus meiner Erfahrung, auf jedes Tief folgt ein Hoch.

- **Die größte Energie des Herzens ist die des Lachens.**
  Alles, was mich zum Lachen bringt, steigert meine Herzfrequenz und meine Energie hebt sich damit an. Diese Frequenzveränderung zieht alles Gute für mich an. Ich nutze die Energie des Lachens und manifestiere meine Wünsche in dieser Energie.

- **Ich vertraue auf alles.**
  Ich vertraue mir selbst und ich kann auf alles vertrauen, denn so komme ich zuerst bei mir an, und bin ich bei mir angekommen, so kommt alles zu mir, was auch im Vertrauen ist.

- **Liebe mit mir lässt mich fliegen.**
  Die Liebe zu und mit mir lässt mich fliegen, weil ich unabhängig von außen bin.

- **Ich selbst bin für mich der perfekte Partner.**
  Der perfekte Partner in meinem Leben bin ich selbst, denn mein Herz ist immer ehrlich zu mir und will immer das Beste für mich.

- **Ich bin wie ich bin.**
  So wie ich bin, bin ich perfekt. Egal, was andere denken oder sagen, wichtig ist, was ICH von mir denke, weiß und sage.

- **Alles, was ich will, kann ich erreichen.**
  Da ich bereits alles in mir habe und meine Wünsche aus mir kommen, so habe ich auch bereits alles in mir, um mir meine Wünsche erfüllen zu können.

- **Es ist schon alles in mir.**
  Da ich mit allem verbunden bin und meine Begabung mit meiner Geburt bekommen habe, ist bereits alles in mir.

- **Ich höre Menschen bewertungsfrei zu.**
  Ich werte das von den Mitmenschen Erzählte nicht als gut oder böse, diese haben Vertrauen zu mir, weshalb sie die Geschichte oder die Erzählung mit mir teilen.

- **Wenn etwas nicht funktioniert, muss ich es nicht sofort fertig machen, nur um mir selbst oder anderen zu beweisen, wie gut ich bin.**
  Ich bin immer gut genug für mich und andere.

- **Ich kann jeden Moment etwas verändern, nicht indem ich beginne andere zu verändern, sondern MEINE Wahrnehmung, MEIN Denken und MEINE Energien verändere.**
  Ich selbst bin die Veränderung

- **Ich habe Glück.**
  Über das Glück gibt es viele Berichte und Beschreibungen. Ich lasse mich nicht von außen definieren oder beeinflussen. Wichtig ist, was MICH glücklich macht und was ICH als Glück definiere.

- **Selbstbestimmt, Selbstverantwortlich.**
  Ich selbst bestimme mich und ich bin für mich verantwortlich.

- **Wer viel fragt, der geht viel irr.**
  Wenn ich frage, erwarte ich, dass jemand anderes die Verantwortung für mein Handeln übernimmt. Ich übernehme für mich und mein Leben die Verantwortung.

- **Alles, was ich wissen muss, spielt sich immer direkt vor meinen Augen ab und bietet Handlungsmöglichkeiten für mich.**
  Es wird manchmal erhofft, dass andere für einen die Dinge erledigen, doch in dieser Hoffnung wartet man auf die Handlung von jemand anderen. Dies bringt nicht die gewünschte Veränderung für mich.

- **Achtsamkeit, Respekt, Wertschätzung, Stolz, Liebe - mir selbst gegenüber.**
  Ich bin mit meiner Gefühlswelt und meinem Körper achtsam. Ich respektiere mich selbst und schätze den Wert, den ich für mich habe. Ich bin stolz auf mich, dass ich das kann und liebe mich selbst, jeden Augenblick.

- **Ich beginne auf mich zu hören.**
  Ich höre auf die Stimme in mir, sie ist immer da und ich höre sie auch. Ich brauche keinen Zauberer oder sonst etwas. Ich brauche nur das Vertrauen zu mir selbst.

- **Ein Nein ist liebevoll für mich selbst und den anderen.**
  Ein Kind lernt sehr früh das Wort Nein, um Grenzen zu zeigen. Wenn ich ein Nein fühle, dann lebe ich ein Nein.

- **Ich darf Wünschen nachgehen, muss jedoch das andere akzeptieren und nicht persönlich nehmen.**
  Jeder Mensch hat seine eigenen Wünsche für sein Leben, so wie auch ich das habe. Wenn ich mir also etwas von jemandem wünsche, dieser jedoch meinen Wunsch nicht erfüllen will oder kann, dann nehme ich es an, denn ich mache ja auch nicht alles, was von mir gewünscht oder verlangt wird.

- **Ich darf mir in meinem Leben für mich alles wünschen.**
  Ich kann mir in meinem Leben wirklich alles wünschen, jedoch gibt es auch die Wünsche von Mitmenschen, und wenn diese nicht im Einklang mit meinen sind, kann es auch sein, dass mein Wunsch in dieser Konstellation nicht erfüllt wird, jedoch wenn ich an mich und meinen Wunsch weiter glaube, erfüllt er sich in einer anderen und trotzdem für mich passenden Konstellation.

- **Ich höre aufmerksam zu, wenn andere mit mir sprechen und denke nicht nach, währenddessen der andere spricht.**
  Wenn ich zuhöre, weiß ich was zu sagen ist, wenn ich an der Reihe bin. Es ist respektlos, nicht aufmerksam zuzuhören oder mein Gegenüber nicht aussprechen zu lassen. Handle ich dementsprechend, meine ich, dass meine Worte wichtiger seien als die des anderen. Wenn ich respektvoll zuhöre und mein Gegenüber aussprechen lasse, dann höre ich vieles, das ich sonst nicht gehört hätte.

- **Zuhören ist oft die beste Hilfe.**
  Meist ist es besser, einfach nichts zu sagen und meinem Gegenüber einfach zuzuhören. Es muss nicht immer etwas gesprochen werden, nur um einen Dialog aufrechtzuhalten. In der Stille liegt die Weisheit.

- **Ich sage anderen nicht, wie sie ihr Leben verändern oder leben sollen, dass sie dann ein meiner Meinung nach gutes Leben führen.**
  Meine Meinung muss nicht gleich ihre/deren Meinung sein. Ich kann nicht davon ausgehen, dass in der Welt von Gedanken meine Gedanken gleich sind, wie die Gedanken von anderen. Jeder hat sein eigenes Leben und hat das Recht, es so zu gestalten und zu leben, wie dieser das für sich möchte.

- **Wenn Menschen nicht gut über mich denken oder reden, liegt es an mir, welche Wertigkeit ich dem gebe, ob ich es annehme oder nicht.**
  Es ist nicht wichtig, was andere über mich denken oder sagen. Wichtig ist, was ICH von mir halte, nur das zählt. Ich lass es wie den Wind einfach durch mich hindurchziehen.

- **Ich lache gerne über mich selbst.**
Wenn ich über mich selbst lachen kann, messe ich mich nicht mehr nach gesellschaftlichen Maßstäben. Ich nehme nicht alles zu ernst, alles, was ich zu ernst nehme und in das ich mich hineinsteigere, kann zur Qual werden.

- **Alles ist so wie es ist.**
So wie es ist, ist es perfekt, wenn etwas nicht meinem Wohlbefinden entspricht, gebe ich nicht dem Etwas die Schuld, ich übernehme die Verantwortung für mich und mein Empfinden, handle und gehe somit in die Veränderung für mich.

- **Ich nutze das Jetzt.**
Jetzt ist der Moment zu handeln und eine Entscheidung zu treffen. Ich treffe auch die Entscheidung, wie lange ich Leid, Qual oder Unerfülltheit ertragen will.

- **Der Krieg fordert immer nur eines, Opfer.** Keiner gewinnt in Wahrheit und keiner verliert in Wahrheit. Opfer sind die, die den Krieg überleben, denn diese tragen die Geschichte und Erfahrungen des Krieges in sich weiter. Um dieses Leid wieder in die Waage zu bringen, kämpfen diese erneut um das Gleichgewicht. Also gehe ich nicht in den Krieg mit mir und bin ich in Frieden mit mir, gehe ich auch nicht in den Krieg für jemand anderen.

- **Klare Kommunikation, dann bleibt kein Platz für Zweifel und Respektlosigkeit.** Wenn ich klar und offen, ohne Angst, etwas zu verlieren, kommuniziere, dann bin ich im Respekt mit mir selbst und somit auch im Respekt mit meinem Gegenüber. Es schließt den Zweifel um meinen eigenen Wert aus und auch das Gegenüber ist sich klar, dass es mit einer Person kommuniziert, die um ihren eigenen Wert weiß.

- **Ich muss mich nicht rechtfertigen.**
  Die Gesellschaft verlangt, sich für sein Verhalten zu rechtfertigen, um anerkannt zu werden. Das brauche ich nicht. Ich bin wer ich bin. Wenn jemand mit mir als Person nicht klarkommt, ist das seine Geschichte, aber nicht meine.
  Siehe Kapitel: *Wie kann ich respektvoll leben, ohne egoistisch zu sein?*

- **Unpünktlichkeit ist respektlos.**
  Wenn ich unpünktlich zu einem Termin, Treffen usw. komme und dies nicht bekannt gebe (Anruf, SMS usw.), sondern einfach erwarte, dass es okay ist, wenn ich zu spät komme, dann ist es respektlos, weil ich der Annahme bin, die eigene Zeit wäre wichtiger als die des Wartenden.

- **Ich darf Hilfe annehmen.**
  Wenn mir jemand Hilfe anbietet, dann darf und kann ich die Hilfe auch annehmen.

- **Ich darf Hilfe anbieten, jedoch nicht aufzwingen, außer mein Instinkt gibt mir ganz klar den Impuls dazu.**
  Wenn mich jemand um Hilfe bittet, helfe ich nur, wenn ich auch bereit bin Hilfe zu geben. Wenn mich niemand um meine Hilfe fragt oder mein Hilfsangebot abgelehnt wird und ich in meiner Wahrnehmung den Eindruck habe, dieser Mensch plagt sich oder tut sich schwer, dann möchte es die Person entweder gerne alleine schaffen oder lernen um Hilfe zu bitten. Durch die übergriffige Hilfeleistung nehme ich der Person die Möglichkeit auf den Erfolg, es alleine zu schaffen und im übertragenen Sinne traue ich der Person nicht zu, es alleine zu schaffen.
  Wenn der Impuls aus meinem Inneren kommt, also instinktiv Hilfe zu leisten, dann mache ich das.

- *Beispiel:*
  Ein sehr alter taubstummer Mann versucht mit einem sehr schweren Koffer die Straße zu überqueren um sich zu beweisen, dass er in seinem hohen Alter noch die Kraft hat, den schweren Koffer über die Straße zu schleppen. Ein junger Mann, der zur selben Zeit auf der Straße ist und den alten Mann sieht, wie sich dieser plagt, läuft hin und hilft, ohne diesen zu fragen. Der junge Mann ist so rasch, dass der

alte Mann dem jungen nicht deuten kann, dass er seine Hilfe nicht möchte und auch seinen Beweggrund dafür kann er ihm nicht sagen. So passiert es, dass dem alten Mann die Möglichkeit auf sein Erfolgserlebnis von dem jungen Mann genommen wird.

- **Ausgleich muss stattfinden.**
  Geben und Nehmen muss im Ausgleich stattfinden. Wenn ich arbeite, soll ich dafür das Geld bekommen, das ich mir für die Arbeit wert bin. Wenn ich Hilfe bekomme sage ich Danke und schaffe somit den Ausgleich. Der Ausgleich ist wichtig, damit die Energien immer im Einklang und Gleichgewicht bleiben.

- **Ich lebe in meinem Rhythmus.**
  Alles, was zu meinem Rhythmus gehört, kommt zu mir.

- **Der Sinn des Lebens ist, mein Leben zu leben.**
  Ich treffe Entscheidungen.

- **Im eigenen Rhythmus sein.**
  Ich mache alles in meinem Rhythmus und in meinem Tempo. Ich lasse mich nicht von anderen hetzen oder mir mit verlockenden Angeboten sagen, wie schnell ich etwas zu tun habe. Ich bleibe meinem Rhythmus treu, sonst bremst mich mein Körper, wenn es mir zu schnell wird.

- **Ich gehöre nur mir selbst und somit kann ich auch andere nicht besitzen.**
  Als ich auf die Welt kam, war es selbstverständlich, nichts besitzen zu wollen und zufrieden mit sich selbst und mit dem, was man mir gab zu sein. Besitz bringt die Kontrolle mit sich, diesen Besitz nicht zu verlieren. Kontrolle bringt den Krieg mit sich, da Kontrolle eine Strategie beinhaltet, den Besitz nicht zu verlieren. Strategien gibt es nur im Krieg und der Krieg fordert immer nur eines, Opfer. Im Fall der Kontrolle bin ich selbst das Opfer meiner Kontrolle, um den Besitz zu halten und nicht zu verlieren. Kontrolliere ich, habe ich schon verloren.

- **Ich löse mich heute von meinen Fesseln und nicht erst am letzten Tag.**
  Ich entscheide, wie lange ich die Fesseln tragen möchte, die mich und somit mein Leben einschränken.

- **Ich kann meine Vereinbarungen mit mir selbst immer ändern.**
  Wenn ich von mir getroffene Vereinbarungen breche, z.B.: mit mir selbst oder mit anderen, beginnt der Prozess der Unzufriedenheit, der wiederum all das Übel mit sich bringt. Ich erlaube es mir, meine mit mir oder anderen getroffenen Vereinbarungen neu zu formulieren bzw. zu verhandeln um so eine Möglichkeit zu schaffen, dass die Vereinbarungen von allen Beteiligten eingehalten werden können.

- **Ich bin meinem Körper für alles dankbar, was ich durch ihn spüren kann.**
  Mein Körper zeigt mir alles, was ich wissen muss, um wieder in einen Zustand des Friedens mit mir selbst zu kommen, sei es Krankheit, Schmerz usw. Ich bin weder die Krankheit noch der Schmerz, mein Körper zeigt mir nur, dass es, wenn ich es will, Zeit für Veränderung ist. Veränderung, sich von alten

und negativen Glaubenssätzen zu verabschieden und diese in neue, positive zu wandeln oder den Job durch einen neuen zu ersetzen usw. Alles, was sich für mich nicht mehr gut anfühlt, verändere ich.

- **Manche Situation kann ich nicht beeinflussen und schon gar nicht kontrollieren**, doch was ich entscheiden kann, ist, wie ich mich von dieser Situation beeinflussen lasse und welche Entscheidungen ich für mich in dieser Situation treffe.

- **Das Leben auf Mutter Erde ist zu kurz, um nachtragend zu sein.**
  Wenn ich nachtragend bin, halte ich unbewusst an der Verletzung fest und ich sehe entweder ständig in den Rückspiegel oder binde mir ein neues Paar Fesseln.

- **Der Schlüssel zum Erfolg bin ICH.**
  Nur ich kann die Veränderung bringen, die ich möchte. Somit habe ich immer den Schlüssel für die Tür zu meinem Erfolg.

- **„Raus aus der Rolle“**
  Diesen Satz sage ich, wenn ich das Gefühl habe, nicht weiterzuwissen und das Gefühl habe, in einer Rolle zu stecken, die sich für mich nicht richtig und gut anfühlt.
  Ich sage den Satz mehrmals laut oder leise zu mir selbst: „Raus aus der Rolle“. Dazu kann ich sogar Bewegungen machen, so als ob ich ein Kostüm ausziehen würde oder ich mache einen Schritt zur Seite.

- **Ich lerne und erkenne in jedem neuen Moment.**
  Jeder Moment wo ich mich ärgere, ich traurig oder unzufrieden bin, gibt mir die Gelegenheit, für mich zu erkennen oder zu lernen, was ich für mich verändern kann, damit ich wieder fröhlich, glücklich und zufrieden bin.

- **Klare Rollenverteilung.**
  Es ist wichtig, die Rollen in der Familie, in der Arbeit oder in Gruppen klar und respektvoll zu verteilen. Damit gibt es keine übergriffigen Handlungen und somit auch keinen Neid, Missgunst oder Geiz. Es finden sich immer die passenden Menschen für die gemeinsame Aufgabe oder das gemeinsame Ziel. Jeder bringt

seine Begabungen, Talente und Qualitäten mit und trägt so seinen Teil in der Gruppe bei.

- **Ich darf zurücklächeln.**
  Wenn mich jemand anlächelt, darf und kann ich zurücklächeln und muss nicht den Kopf zu Boden senken, mit der Annahme, dass mich jemand belächelt.

- **Wenn etwas nicht vorhanden ist, entsteht das Gefühl des Mangels.**
  Mangel = Unzufriedenheit = Wut, Ärger. Ich lebe im Hier und Jetzt. Wenn ich mir ständig den Mangel vor Augen halte, wird der Mangel auch in der Zukunft für mich da sein.

- **Ich bin nicht alleine.**
  Alles ist eins.
  Ich bin mit allem verbunden.
  Jeder liebt mich so wie ich bin, ob es mir mein Gegenüber nun zeigt, sagt oder auch nicht. Im Inneren lieben sich alle, da wir aus einer Quelle entstanden sind. Alles aus Einem.
  Würde man die Zeit des Universums zurückdrehen = Alles Eins.

- **Ach, was für ein Zufall.**
  Es gibt keine Zufälle, es fällt mir zu, was mir zufallen muss.

- **Nicht in Geschichten anderer wühlen. Das ist nicht meine Geschichte.**
  Wenn mich etwas an jemandem stört und ich dies an dem anderen verändern möchte, wühle ich in dessen Geschichte herum, in seinen Glaubenssätzen oder Überzeugungen. Wenn mich dieser nicht darum bittet, lasse ich es und bin nicht übergriffig.

- **Ich urteile und verurteile nicht.**
  Da ich mich selbst nicht beurteile oder verurteile, um im Respekt mit mir selbst zu leben, schließt es auch aus, andere zu beurteilen oder zu verurteilen. Geschieht dies trotzdem, bin ich nicht im Respekt mit mir selbst.

- **Weil ich etwas so wahrnehme, muss es nicht so sein, wie ich das gerne sehen möchte.**
  Ich denke nicht mit dem Kopf anderer Menschen, es ist MEINE Wahrnehmung und nicht die des Gegenübers.

- **Was ich in anderen sehen kann, das sehe ich in mir.**
  Das, was ich in anderen sehe, ist bereits alles in mir, da die Quelle allen Seins eins ist. Sei es Erfolg, Gesundheit, Glück, Freiheit, Zufriedenheit usw. Ich kann es alles haben und das ab jetzt. Ich muss nur den ersten Schritt bzw. die erste Entscheidung für mich treffen. Ich bin mutig und mache es.

- **Ich habe all das Gute verdient.**
  Es ist nur ein Glaubenssatz, zu sagen, ich habe Pech oder ich bin vom Unglück verfolgt. Ich ersetze die negativen Glaubenssätze durch positive.

- **Druck erzeugt Gegendruck.**
  Es ist nicht nur ein physikalisches Gesetz, das wirkt, es ist auch bei uns Menschen ein Gesetz, welches wirkt. Wenn ich jemandem Druck mache, ist mit Gegendruck zu rechnen. Wenn ich mir selbst Druck mache, übe ich zugleich auch den Gegendruck in mir selbst aus. Druck ist eine Be-LAST-ung, viel Last ist schwer.

- **Ich ruhe in mir selbst und ich finde die Antwort.**
  Die Natur zeigt es mir, alles hat seinen Rhythmus. Ich lerne von den Jahreszeiten, den Tieren und Pflanzen.

- **Veränderung bringt Neues, Neues bringt neue Erfahrungen, neue Erfahrungen bringen neue Erkenntnisse.**
  Also gehe ich in den Mut, bleibe im Vertrauen und behalte meinen Mut.

- **Mut wird immer belohnt, und wenn es auch nur die Erfahrung ist, durch welche ich lernen darf.**
  Mut ist der Schritt in die Veränderung, um Neues zu bekommen bzw. zu erfahren. Ich urteile nicht über gut oder schlecht. Ich lerne von mir für mich und bleibe mutig.

- **Keine Erwartungshaltung.**
  Ich lasse es auf mich zukommen und handle im Moment. Wenn ich das Wort Erwarten zerlege, kommt heraus: Er-WARTET! Also handle ich und warte nicht.

- **Es gibt so vieles zu erleben.**
  Mutter Erde hält für mich alles bereit und wartet nur darauf, von mir entdeckt zu werden. Also lebe ich.

- **Altes geht und Neues kommt.**
  Wenn ich etwas loslasse, kann das Neue kommen.

- *Beispiel:*
  Wenn ein kleines Baby einen Holzklotz in Händen hält und dann einen anderen Klotz nehmen will, lässt es zuvor den alten aus, um den neuen greifen zu können.

- **Hier ist es so schön.**
  Mutter Erde hat alles für ihre Bewohner zu bieten. Ich beobachte und lerne von Mutter Erde und den Tieren, dass alles in Fülle vorhanden ist. Es ist genug für alle da, auch wenn die Medien etwas anderes erzählen oder schreiben.
  *Diese durch die Medien ausgelöste Angst, lässt uns die Welt mit einem Blick wahrnehmen wie sie nicht ist, und führt weiter dazu, uns in Rollen der Gewalt oder in Kriege zu flüchten.*

# Nachwort

Glaube an dich und daran, dass du alles schaffen kannst. Zweifelt jemand an deiner Vision, deinem Ziel oder deinem Traum und deiner Lebensidee, dann sind es dessen Zweifel und nicht die deinen. Es liegt an dir, ob du diese Zweifel zulässt und die Überzeugung von jemand anderem übernimmst oder ob du dein Leben selbst in die Hand nimmst und es selbstbestimmt führst, somit deine Erfahrungen machst und nicht die aus der Überzeugung eines anderen.

Du hast in deinem Leben immer den Schlüssel zu deinem Erfolg, niemand anderer. Möglicherweise kommst du zu dem einen oder anderen Schlüsselmacher in deinem Leben, der dort ein Stück feilt und ein anderer wieder ein Stück feilt, doch wenn dir der letzte Schlüsselmacher erzählt, dass der Schlüssel perfekt ist und es nichts zu feilen gibt, wirst du feststellen, dass der Schlüssel derselbe war wie zu Beginn.

Also worauf wartest du?

Jetzt ist die Zeit, die Tür zu deinem Leben zu öffnen und dein selbstbestimmtes Leben zu leben.

Nimm dein Leben JETZT in deine Hand und nicht erst dann, wenn dir jemand anderer sagt: „Jetzt bist du so weit."

Du bist bereits seit dem Tag deiner Geburt so weit, denn du hast dich auch selbst für dein Leben auf Mutter Erde entschieden, also wozu jetzt die Meinung eines anderen einholen.

Sei stets mutig, triff Entscheidungen und lebe dein Leben.

Bleibt mir noch zu sagen:

„Viel Spaß, Freude, Erfolg und Leichtigkeit bei der Umsetzung."

# Danksagung

Danke Papa und Danke Mama für mein Leben, das ihr mir geschenkt habt.

Danke an meine indianische Lehrerin und den Navajos in Arizona, durch welche ich in einem Ritual erfahren durfte, dass ich auch einen großen Bruder habe, der gemeinsam mit dem großen Geist über mich und meine Familie wacht.

Danke an meine Kolleginnen und Kollegen meines beruflichen Umfeldes. Ihr habt mir mit eurem Verhalten gespiegelt, und im Endeffekt im übertragenen Sinne gesagt: „Lukas, gehe deinen Weg, es ist Zeit für Dich und Zeit für Deines.“ Dafür danke ich jedem Einzelnen von Euch.

Weiters danke ich meiner ehemaligen Freundin, durch die ich mitunter den entscheidenden Schicksalsschlag erfahren durfte.

Ich danke dir mein bester Freund. Du hast dich entschieden, von dieser Welt zu gehen. Dadurch hast du mich an meinen Weg und meine Aufgabe im Leben erinnert, Gutes für mich und für die

Welt zu tun. Ich danke dir dafür von ganzem Herzen.

Auch bedanke ich mich bei allen Menschen, denen ich bisher im Leben begegnet bin, die mich weiterbrachten, ohne dass sie sich vielleicht ihrer großartigen Leistung bewusst waren. Danke.

Außerdem bedanke ich mich bei all meinen geistigen Begleitern, die mir trotz aller Abgründe in letzter Sekunde so viel Kraft schickten, um mich für das Leben und die Liebe zu entscheiden.

Danke auch an alle Menschen, die sich mir mitgeteilt und mir ihre eigenen Zweifel ausgesprochen haben. Dies zeigte mir, wie wichtig es ist, an sich selbst, seine Vision und seine Träume zu glauben, was wiederum meine Philosophie bestätigte. Ich bin dankbar meine Erfahrungen sowie meine Philosophie teilen zu dürfen.

Danke an meine indianischen Familien und an die Indianerstämme in Amerika.

Danke Liebe, dass du immer da bist, an uns glaubst und beständig existierst.

Danke an dich, liebe Leserin und lieber Leser, dass es dich gibt.

# Kontakt

AUTOR:

E-Mail:
lumetsberger.lukas@gmail.com

Facebook:
Lukas Lumetsberger

Instagram:
lukas.lumetsberger

# Quellen und Literaturangaben

Stell dir vor, es ist Krieg und keiner geht hin:
*Ursprung Carl August Sandburg (1878 - 1967)*
*Text aus der Grafik von Johannes Hartmann*
*1981*

Die vier möglichen Spiegel:
Vgl. Aldo Berti: www.aldo-berti.de

Die 4-Schrittmethode:
*Vgl. Christa Kössner: Die Spiegelgesetz-Methode*
*9. Auflage, 2018*

Geschichte von den zwei Wölfen:
*Quelle unbekannt*

Gedicht Selbstliebe:
*Die Originalverse stammen von der amerikanischen Autorin Kim McMillen, kurz vor ihrem Tod 1996. Zugeschrieben wurde es Charlie Chaplin als seine Geburtstagsrede.*
*Die deutsche Übersetzung stammt von Wolfgang Zeitler: www.wolfgangzeitler.de*